鲁迅自编文集

汉文学史纲要

鲁迅 著

译林出版社

目　录

第一篇

自文字至文章

在昔原始之民，其居群中，盖惟以姿态声音，自达其情意而已。声音繁变，寖成言辞，言辞谐美，乃兆歌咏。时属草昧，庶民朴淳，心志郁于内，则任情而歌呼，天地变于外，则祇畏以颂祝，踊跃吟叹，时越侪辈，为众所赏，默识不忘，口耳相传，或逮后世。复有巫觋，职在通神，盛为歌舞，以祈灵贶，而赞颂之在人群，其用乃愈益广大。试察今之蛮民，虽状极狉獉，未有衣服宫室文字，而颂神抒情之什，降灵召鬼之人，大抵有焉。吕不韦云，“昔葛天氏之乐，三人操牛尾，投足以歌八阕。”(《吕氏春秋》《仲夏纪》

《古乐》）郑玄则谓“诗之兴也，谅不于上皇之世。”（《诗谱序》）虽荒古无文，并难征信，而证以今日之野人，揆之人间之心理，固当以吕氏所言，为较近于事理者矣。

然而言者，犹风波也，激荡既已，余踪杳然，独恃口耳之传，殊不足以行远或垂后。诗人感物，发为歌吟，吟已感漓，其事随讫。倘将记言行，存事功，则专凭言语，大惧遗忘，故古者尝结绳而治，而后之圣人易之以书契。结绳之法，今不能知；书契者，相传“古者庖牺氏之王天下也，仰则观象于天，俯则观法于地，观鸟兽之文与地之宜，近取诸身，远取诸物，于是始作八卦。”（《易》《下系辞》）“神农氏复重之为六十四爻。”（司马贞《补史记》）颇似为文字所由始。其文今具存于《易》，积画成象，短长错综，变易有穷，与后之文字不相系属。故许慎复以为“黄帝之史仓颉，见鸟兽蹄迒之迹，知分理之可相别异也，初造书契”（《说文解字序》）。要之文字成就，所当绵历岁时，且由众手，全群共喻，乃得流行，谁为作者，殊难确指，归功一圣，亦凭臆之说也。

许慎云，“仓颉之初作书，盖依类象形，故谓之文。其后形声相益，即谓之字。字者，言孳乳而浸多也。著于竹帛谓之书。书者，如也。……周礼八岁入小学，保氏教国子，先以六书。一曰指事，指事者，视而可识，察而可见，上下是也；二曰象形，象形者，画成其物，随体诘诎，日月是也；三曰形声，形声者，以事为名，取譬相成，江河是也；四曰会意，会意者，比类合谊，以见指撝，武信是也；五曰转注，转注者，建类一首，同意相受，考老是也；六曰假借，假借者，本无其字，依声托事，令长是也。”（《说文解字序》）指事象形会意为形体之事，形声假借为声音之事，转注者，训诂之事也。虞夏书契，今不可见，岣嵝禹书，伪造不足论，商周以来，则刻于骨甲金石者多有，下及秦汉，文字弥繁，而摄以六事，大抵弭合。意者文字初作，首必象形，触目会心，不待授受，渐而演进，则会意指事之类兴焉。今之文字，形声转多，而察其缔构，什九以形象为本柢，诵习一字，当识形音义三：口诵耳闻其音，目察其形，心通其义，三识并用，一字之功乃全。其在文章，则写山曰崚嶒嵯峨，状水曰汪洋澎湃，蔽芾葱茏，恍逢丰木，鳟魴鳗鲤，如见多鱼。故其所函，遂具三美：意美以感心，一也；音美以感耳，二也；形美以感目，三也。

连属文字，亦谓之文。而其兴盛，盖亦由巫史乎。巫以记神事，更进，则史以记人事也，然尚以上告于天；翻今之《易》与《书》，间能得其仿佛。至于上古实状，则荒漠不可考，君长之名，且难审知，世以天皇地皇人皇为三皇者，列三才开始之序，继以有巢燧人伏羲神农者，明人群进化之程，殆皆后人所命，非真号矣。降及轩辕，遂多传说，逮于虞夏，乃有箸于简策之文传于今。

巫史非诗人，其职虽止于传事，然厥初亦凭口耳，虑有愆误，则练句协音，以便记诵。文字既作，固无愆误之虞矣，而简策繁重，书削为劳，故复当俭约其文，以省物力，或因旧习，仍作韵言。今所传有黄帝《道言》（见《吕氏春秋》），《金人铭》（《说苑》），颛顼《丹书》（《大戴礼记》），帝喾《政语》（《贾谊新书》），虽并出秦汉人书，不足凭信，而大抵协其音，偶其词，使读者易于上口，则殆犹古之道也。

由前言更推度之，则初始之文，殆本与语言稍异，当有藻韵，以便传诵，“直言曰言，论难曰语”，区以别矣。然汉时已并称凡箸于竹帛者为文章（《汉书》《艺文志》），后或更拓其封域，举一切可以图写，接于目睛者皆属之。梁之刘勰，至谓“人文之元，肇自太极”(《文心雕龙》《原道》)，三才所显，并由道妙，“形立则章成矣，声发则文生矣”，故凡虎斑霞绮，林籁泉韵，俱为文章。其说汗漫，不可审理。稍隘之义，则《易》有曰，“物相杂，故曰文。”《说文解字》曰，“文，错画也。”可知凡所谓文，必相错综，错而不乱，亦近丽尔之象。至刘熙云“文者，会集众彩以成锦绣，会集众字以成辞义，如文绣然也”(《释名》)。则确然以文章之事，当具辞义，且有华饰，如文绣矣。《说文》又有彣字，云:“馘也”；“馘，彣彰也”。盖即此义。然后来不用，但书文章，今通称文学。

刘勰虽于《原道》一篇，以人“为五行之秀，实天地之心，心生而言立，言立而文明，自然之道也。傍及万品，动植皆文。……”而晋宋以来，文笔之辨又甚峻。其《总术篇》即云，“今之常言:有文有笔。以为无韵者笔也，有韵者文也。”萧绎所诠，尤为昭晰，曰：“今之门徒，转相师受，通圣人之经者谓之儒；屈原宋玉枚乘长卿之徒，止于辞赋则谓之文。……至如不便为诗如阎纂，善为章奏如伯松，若是之流，泛谓之笔。吟咏风谣，流连哀思者谓之文。”又曰，“笔，退则非谓成篇，进则不云取义，神其巧惠，笔端而已。至如文者，惟须绮縠纷披，宫徵靡曼，唇吻遒会，精灵荡摇。而古之文笔今之文笔，其源又异。”（《金楼子》《立言篇》）盖其时文章界域，极可弛张，纵之则包举万汇之形声；严之则排摈简质之叙记，必有藻韵，善移人情，始得称文。其不然者，概谓之笔。

辞笔或诗笔对举，唐世犹然，逮及宋元，此义遂晦，于是散体之笔，并称曰文，且谓其用，所以载道，提挈经训，诛锄美辞，讲章告示，高张文苑矣。清阮元作《文言说》，其子福又作《文笔对》，复昭古谊，而其说亦不行。

第二篇

《书》与《诗》

《周礼》，外史掌三皇五帝之书，今已莫知其书为何等。假使五帝书诚为五典，则今惟《尧典》在《尚书》中。“尚者，上也。上所为，下所书也。”(王充《论衡》《须颂篇》）或曰：“言此上代以来之书。”(孔颖达《尚书正义》）纬书谓“孔子求书，得黄帝玄孙帝魁之书，迄于秦穆公，凡三千二百四十篇。断远取近，定可为世法者百二十篇：以百二篇为《尚书》，十八篇为《中候》。去三千一百二十篇。”(《尚书璇玑钤》）乃汉人侈大之言，不可信。《尚书》盖本百篇：《虞夏书》二十篇，《商书》《周书》各四十篇。今本有序，相传孔子所为，言其作意（《汉书》《艺文志》），然亦难信，以其文不类也。秦燔烧经籍，济南伏生抱书藏山中，又失之。汉兴，景帝使晁错往从口授，而伏生旋老死，仅得自《尧典》至《秦誓》二十八篇；故汉人尝以拟二十八宿。

《书》之体例有六：曰典，曰谟，曰训，曰诰，曰誓，曰命，是称六体。然其中有《禹贡》，颇似记，余则概为训下与告上之词，犹后世之诏令与奏议也。其文质朴，亦诘屈难读，距以藻韵为饰，俾便颂习，便行远之时，盖已远矣。晋卫宏则云，“伏生老，不能正言，言不可晓，使其女传言教错。齐人语多与颍川异，错所不知，凡十二三，略以其意属读而已。”故难解之处多有。今即略录《尧典》中语，以见大凡：

> “……帝曰：畴咨若时，登庸。放齐曰：胤子朱，启明。帝曰：吁！嚚讼，可乎？帝曰：畴咨若予采？驩兜曰：都！共工，方鸠僝工。帝曰：吁！静言庸违，象恭，滔天！帝曰：咨，四岳！汤汤洪水方割，荡荡怀山襄陵，浩浩滔天，下民其咨。有能，俾乂。佥曰：於，鲧哉！帝曰：吁，咈哉！

方命，圮族。岳曰：异哉！试可，乃已。帝曰：往，钦哉！九载，绩用弗成。帝曰：咨，四岳！朕在位七十载，汝能庸命，巽朕位。岳曰：否德，忝帝位。曰：明明，扬侧陋！师锡帝曰：有鳏在下，曰虞舜。帝曰：俞！予闻。如何？岳曰：瞽子。父顽，母嚚，象傲。克谐以孝，烝烝乂，不格奸。帝曰：我其试哉。女于时观厥刑于二女，釐降二女于妫汭，嫔于虞。"

扬雄曰，"昔之说《书》者序以百，……《虞》《夏》之书浑浑尔，《商书》灏灏尔，《周书》噩噩尔。"(《法言》《问神》）虞夏禅让，独饶治绩，敷扬休烈，故深大矣；周多征伐，上下相戒，事危而言切，则峻肃而不阿借；惟《商书》时有哀激之音，若缘厓而失其援，以为夷旷，所未详也。如《西伯戡黎》：

"西伯既戡黎，祖伊恐，奔告于王曰：天子！天既讫我殷命，格人元龟，罔敢知吉。非先王不相我后人，惟王淫戏用自绝。故天弃我，不有康食。不虞天性，不迪率典。今我民罔弗欲丧，曰，天曷不降威，大命不挚？今王其如台。王曰：

呜呼！我生不有命在天？祖伊反曰：呜呼！乃罪多参在上，乃能责命于天？殷之即丧，指乃功，不无戮于尔邦！”

武帝时，鲁共王坏孔子旧宅，得其末孙惠所藏之书，字皆古文。孔安国以今文校之，得二十五篇，其五篇与伏生所诵相合，因并依古文，开其篇第，以隶古字写之，合成五十八篇。会巫蛊事起，不得奏上，乃私传其业于生徒，称《尚书》古文之学（《隋书》《经籍志》）。而先伏生所口授者，缘其写以汉隶，遂反称今文。

孔氏所传，既以值巫蛊不行，遂有张霸之徒，伪造《舜典》《汩作》等二十四篇，亦称古文书，而辞义芜鄙，不足取信于世。若今本孔传《古文尚书》，则为晋豫章梅赜所奏上，独失《舜典》；至隋购募，乃得其篇，唐孔颖达疏之，遂大行于世。宋吴棫始以为疑；朱熹更比较其词，以为“今文多艰涩，而古文反平易”，“却似晋宋间文章”，并书序亦恐非安国作也。明梅鷟作《尚书考异》，尤力发其复，谓“《尚书》惟今文传自伏生口诵者为真古文。出孔壁中者，尽后儒伪作，大抵依约诸经《论》《孟》中语，并窃其字句而缘饰之”云。

诗歌之起，虽当早于记事，然葛天《八阕》，黄帝乐词，仅存其名。《家语》谓舜弹五弦之琴，造《南风》之诗曰：“南风之熏兮，可以解吾民之愠兮；南风之时兮，可以阜吾民之财兮。”《尚书大传》又载其《卿云歌》云：“卿云烂兮，糺缦缦兮，日月光华，旦复旦兮！”辞仅达意，颇有古风，而汉魏始传，殆亦后人拟作。其可征信者，乃在《尚书》《皋陶谟》，（伪孔传《尚书》分之为《益稷》）曰：

> “……夔曰：於！予击石拊石，百兽率舞，庶尹允谐。帝庸作歌曰：敕天之命，惟时惟几。乃歌曰：股肱喜哉，元首起哉，百工熙哉！皋陶拜手稽首扬言曰：念哉！率作兴事，慎乃宪，钦哉！屡省乃成，钦哉！乃赓载歌曰：元首明哉，股肱良哉，庶事康哉！又歌曰：元首丛脞哉，股肱惰哉，万事堕哉！帝曰：俞，往，钦哉！”

以体式言，至为单简，去其助字，实止三言，与后之“汤之《盘铭》曰：苟日新，日日新，又日新”

同式；又虽亦偶字履韵，而朴陋无华，殊无以胜于记事。然此特君臣相勗，冀各慎其法宪，敬其职事而已，长言咏叹，故命曰歌，固非诗人之作也。

自商至周，诗乃圆备，存于今者三百五篇，称为《诗经》。其先虽遭秦火，而人所讽诵，不独在竹帛，故最完。司马迁始以为“古者《诗》三千余篇，及至孔子，去其重，取其可施于礼义，上采契后稷，中述殷周之盛，至幽厉之缺。”然唐孔颖达已疑其言；宋郑樵则谓诗皆商周人作，孔子得于鲁太师，编而录之。朱熹于诗，其意常与郑樵合，亦曰：“人言夫子删诗，看来只是采得许多诗，夫子不曾删去，只是刊定而已。”

《书》有六体，《诗》则有六义焉：一曰风，二曰赋，三曰比，四曰兴，五曰雅，六曰颂。风雅颂以性质言：风者，闾巷之情诗；雅者，朝廷之乐歌；颂者，宗庙之乐歌也。是为《诗》之三经。赋比兴以体制言：赋者直抒其情；比者借物言志；兴者托物兴辞也。是为《诗》之三纬。风以《关雎》始，雅有大小，小雅以《鹿鸣》始，大雅以《文王》始；颂以《清庙》始；是为四始。汉时，说《诗》者众，鲁有申培，齐有辕固，燕有韩婴，皆尝列于学官，而其书今并亡。存者独有赵人毛苌诗传，其学自谓传自子夏；河间献王尤好之。其诗每篇皆有序，郑玄以为首篇大序即子夏作，后之小序则子夏毛公合作也。而韩愈则云，“子夏不序诗。”朱熹解诗，亦但信诗不信序。然据范晔说，则实后汉卫宏之所为尔。

毛氏《诗序》既不可信，三家《诗》又失传，作诗本义遂难通晓。而《诗》之篇目次第，又不甚以时代为先后，故后来异说滋多。明何楷作《毛诗世本古义》，乃以诗编年，谓上起于夏少康时（《公刘》，《七月》等）而讫于周敬王之世（《下泉》），虽与孟子知人论世之说合，然亦非必其本义矣。要之《商颂》五篇，事迹分明，词亦诘屈，与《尚书》近似，用以上续舜皋陶之歌，或非诬欤？今录其《玄鸟》一篇；《毛诗》序曰：祀高宗也。

> “天命玄鸟，降而生商，宅殷土芒芒。古帝命武汤，正域彼四方，方命厥后，奄有九有。商之先后，受命不殆，在武丁孙子。武丁孙子，武

王靡不胜，龙旗十乘，大糦是承。邦畿千里，维民所止，肇域彼四海，四海来假。来假祁祁，景员维河，殷受命咸宜，百禄是何。”

至于二《雅》，则或美或刺，较足见作者之情，非如《颂》诗，大率叹美。如《小雅》《采薇》，言征人远戍，虽劳而不敢息云：

“采薇采薇，薇亦作止。曰归曰归，岁亦莫止。靡室靡家，猃狁之故；不遑启居，猃狁之故。……彼尔维何？维常之华。彼路斯何？君子之车。戎车既驾，四牡业业；岂敢定居，一月三捷。……昔我往矣，杨柳依依；今我来思，雨雪霏霏，行道迟迟，载渴载饥。我心伤悲，莫知我哀！”

此盖所谓怨诽而不乱，温柔敦厚之言矣。然亦有甚激切者，如《大雅》《瞻卬》：

“瞻卬昊天，则不我惠，孔填不宁，降此大厉。邦靡有定，士民其瘵。蟊贼蟊疾，靡有夷届；罪罟不收，靡有夷瘳！人有土田，女反有之；人有民人，女复夺之。此宜无罪，女反收之；彼宜有罪，女复说之！哲夫成城，哲妇倾城。……觱沸槛泉，维其深矣；心之忧矣，宁自今矣。不自我先，不自我后。藐藐昊天，无不克巩；无忝皇祖，式救尔后！”

《国风》之词，乃较平易，发抒情性，亦更分明。如：

“野有死麕，白茅包之；有女怀春，吉士诱之。林有朴樕；野有死鹿，白茅纯束；有女如玉。舒而脱脱兮；无感我帨兮；无使尨也吠！”（《召南》《野有死麕》）

“溱与洧，方涣涣兮；士与女，方秉蕑兮。女曰观乎，士曰既且。且往观乎，洧之外，洵訏且乐。维士与女，伊其相谑，赠之以勺药。……”（《郑风》《溱洧》）

“山有枢，隰有榆。子有衣裳，弗曳弗娄；子有车马，弗驰弗驱；宛其死矣，他人是愉。山有栲，隰有杻。子有廷内，弗洒弗扫；子有钟鼓，弗鼓弗考，宛其死矣，他人是保。山有漆，隰有栗。子有酒食，何不日鼓瑟？且以喜乐，且以永

日。宛其死矣，他人入室。”(《唐风》《山有枢》)

《诗》之次第，首《国风》，次《雅》，次《颂》。《国风》次第，则始周召二南，次邶鄘卫王郑齐魏唐秦陈桧曹而终以豳。其序列先后，宋人多以为即孔子微旨所寓，然古诗流传来久，篇次未必一如其故，今亦无以定之。惟《诗》以平易之《风》始，而渐及典重之《雅》与《颂》;《国风》又以所尊之周室始，次乃旁及于各国，则大致尚可推见而已。

《诗》三百篇，皆出北方，而以黄河为中心。其十五国中，周南召南王桧陈郑在河南，邶鄘卫曹齐魏唐在河北，豳秦则在泾渭之滨，疆域概不越今河南山西陕西山东四省之外。其民原重，故虽直抒胸臆，犹能止乎礼义，忿而不戾，怨而不怒，哀而不伤，乐而不淫，虽诗歌，亦教训也。然此特后儒之言，实则激楚之言，奔放之词，《风》《雅》中亦常有，而孔子则曰：“《诗》三百，一言以蔽之，曰：思无邪。”后儒因孔子告颜渊为邦，曰“放郑声”。又曰：“恶郑声之乱雅乐也。”遂亦疑及《郑风》，以为淫逸，失其旨矣。自心不净，则外物随之，嵇康曰：“若夫郑声，是音声之至妙，妙音感人，犹美色惑志，耽槃荒酒，易以丧业，自非至人，孰能御之。”（本集《声无哀乐论》）世之欲捐窈窕之声，盖由于此，其理亦并通于文章。

参考书：

《尚书正义》(唐孔颖达)

《毛诗正义》(同上)

《经义考》（清朱彝尊）卷七十二至七十六卷九十八至一百

《支那文学史纲》（日本儿岛献吉郎）第二篇二至四章

《诗经研究》(谢无量)

第三篇

老庄

周室寖衰，风人辍采；故曰："王者之迹熄而诗亡。"志士欲救世弊，则穷竭神虑，举其知闻。而诸侯又方并争，厚招游学之士；或将取合世主，起行其言，乃复力斥异家，以自所执持者为要道，骋辩腾说，著作云起矣。然当时足称"显学"者，实止三家，曰道，曰儒，曰墨。

道家书据《汉书》《艺文志》所录有《伊尹》，《太公》，《辛甲》等，今皆不传；《鬻子》《筦子》亦后人作，故存于今者莫先于《老子》。老子名耳，字聃，姓李氏，楚人，盖生于周灵王初（约西历纪元前五七〇），尝为守藏室之史，见周之衰，遂去，至关，为关令尹喜著书上下篇，言道德之意五千余言而去，莫知其所终也。今书又离为八十一章，亦后人妄分，本文实惟杂述思想，颇无条贯；时亦对字协韵，以便记诵，与秦汉人所传之黄帝《金人铭》，颛顼《丹书》等（见第一篇）同：

> “视之不见名曰夷，听之不闻名曰希，搏之不得名曰微。此三者不可致诘，故混而为一。其上不皦，其下不昧，绳绳不可名，复归于无物。是谓无状之状，无物之象，是谓惚恍。迎之不见其首，随之不见其后，执古之道，以御今之有。能知古始，是谓道纪。”

> “执大象，天下往。往而不害，安平太。乐与饵，过客止；道之出口，淡乎其无味，视之不足见，听之不足闻，用之不足既。”

老子尝为周室守书，博见文典，又阅世变，所识甚多，班固谓“道家者流，盖出于史官，历记成败存亡祸福古今之道，然后知秉要执本，清虚以自守，卑弱以自持”者盖以此。然老子之言亦不纯一，戒多言而时有愤辞，尚无为而仍欲治天下。其无为者，以欲“无不为”也。

“大道废，有仁义。智慧出，有大伪。六亲不和有孝慈，国家昏乱有忠臣。”

“民之饥，以其上食税之多，是以饥。民之难治，以其上之有为，是以难治。民之轻死，以其求生之厚，是以轻死。夫唯无以生为者，是贤于贵生。”

“……圣人处无为之事，行不言之教，万物作焉而不辞，生而不有，为而不恃，功成而弗居。夫唯弗居，是以不去。”

“为学日益，为道日损。损之又损，以至于无为。无为而无不为。取天下常以无事；及其有事，不足以取天下。”

儒墨二家起老氏之后，而各欲尽人力以救世乱。孔子以周灵王二十一年（前五五一）生于鲁昌平乡陬邑，年三十余，尝问礼于老聃，然祖述尧舜，欲以治世弊，道不行，则定《诗》《书》，订《礼》《乐》，序《易》，作《春秋》。既卒（敬王四十一年

＝前四七九），门人又相与辑其言行而论纂之，谓之《论语》。墨子亦鲁人，名翟，盖后于孔子百三四十年（约威烈王一至十年生），而尚夏道，兼爱尚同，非古之礼乐，亦非儒，有书七十一篇，今存者作十五卷。然儒者崇实，墨家尚质，故《论语》《墨子》，其文辞皆略无华饰，取足达意而已。时又有杨朱，主“为我”，殆未尝著书，而其说亦盛行于战国之世。孟子名轲（前三七二生二八九卒）者，邹人，受学于子思，亦崇唐虞，说仁义，于杨墨则辞而辟之，著书七篇曰《孟子》。生当周季，渐有繁辞，而叙述则时特精妙，如墦间乞食一段，宋吴氏（《林下偶谈》）极推称之：

> “齐人有一妻一妾而处室者。其良人出，则必餍酒食而后反；其妻问所与饮食者，尽富贵也。其妻告其妾曰：良人出，则必餍酒食而后反，问其与饮食者，尽富贵也，而未尝有显者来，吾将瞯良人之所之也。蚤起，施从良人之所之。遍国中无与立谈者，卒之东郭墦间之祭者，乞其余，不足，又顾而之他。此其为餍足之道也。其妻归，

告其妾曰：良人者，所仰望而终身也，今若此。与其妾讪其良人，而相泣于中庭。而良人未之知也，施施从外来，骄其妻妾。”

然文辞之美富者，实惟道家，《列子》《鹖冠子》书晚出，皆后人伪作；今存者有《庄子》。庄子名周，宋之蒙人，盖稍后于孟子，尝为蒙漆园吏。著书十余万言，大抵寓言，人物土地，皆空言无事实，而其文则汪洋辟阖，仪态万方，晚周诸子之作，莫能先也。今存三十三篇，《内篇》七，《外篇》十五，《杂篇》十一；然《外篇》《杂篇》疑亦后人所加。于此略录《内篇》之文，以见大概：

“齧缺问乎王倪曰：子知物之所同是乎？曰：吾恶乎知之。子知子之所不知邪？曰：吾恶乎知之。然则物无知邪？曰：吾恶乎知之。虽然，尝试言之：庸讵知吾所谓知之非不知邪？庸讵知吾所谓不知之非知邪？且吾尝试问乎女：民湿寝则要疾偏死，鳝然乎哉？木处则惴栗恂惧，猿猴然乎哉？三者孰知正处。……自我观之：仁义之端，是非之途，樊然淆乱。吾恶能知其辩。齧缺曰：子不知利害，则至人固不知利害乎？王倪曰：至人神矣，大泽焚而不能热，河汉沍而不能寒，疾雷破山，风振海而不能惊。若然者乘云气，骑日月，而游乎四海之外。死生无变于已，而况利害之端乎？”（《齐物论》第二）

“泉涸，鱼相与处于陆，相呴以湿，相濡以沫，不如相忘于江湖。与其誉尧而非桀也，不如两忘而化其道。夫大块载我以形，劳我以生，佚我以老，息我以死，故善吾生者，乃所以善吾死也。”（《大宗师》第六）

“南海之帝为儵，北海之帝为忽，中央之帝为混沌。儵与忽时与相遇于混沌之地，混沌待之甚善。儵与忽谋报混沌之德，曰：人皆有七窍以视听食息，此独无有。尝试凿之。日凿一窍，七日而混沌死。”（《应帝王》第七）

末有《天下》一篇（胡适谓非庄周作），则历评“天下之治方术者”，最推关尹老子，以为“古之博大真人”，而自述其文与意云：

“芴漠无形，变化无常。死与生与？天地并

与？神明往与？芒乎何之，忽乎何适？万物毕罗，莫足以归。古之道术，有在于是者。庄周闻其风而悦之，以谬悠之说，荒唐之言，无端崖之辞，时纵恣而不傥，不以觭见之也。以天下为沉浊不可与庄语，以卮言为曼衍，以重言为真，以寓言为广。独与天地精神往来，而不敖倪于万物；不谴是非，以与世俗处。其书虽瑰玮，而连犿无伤也。其辞虽参差，而諔诡可观。彼其充实，不可以已。上与造物者游，而下与外死生无终始者为友。其于本也，弘大而辟，深闳而肆；其于宗也，可谓稠适而上遂矣。……”

故自史迁以来，均谓周之要本，归于老子之言。然老子尚欲言有无，别修短，知白黑，而措意于天下；周则欲并有无修短白黑而一之，以大归于“混沌”，其“不谴是非”，“外死生”，“无终始”，胥此意也。中国出世之说，至此乃始圆备。

察周季之思潮，略有四派。一邹鲁派，皆诵法先王，标榜仁义，以备世之急，儒有孔孟，墨有墨翟。二陈宋派，老子生于苦县，本陈地也，言清净之治，追庄周生于宋，则且以“天下为沉浊不可与庄语”，自无为而入于虚无。三曰郑卫派，郑有邓析申不害，卫有公孙鞅，赵有慎到公孙龙，韩有韩非，皆言名法。四曰燕齐派，则多作空疏迂怪之谈，齐之驺衍，驺奭，田骈，接子等，皆其卓者，亦秦汉方士所从出也。

参考书：

《老子》(晋王弼注)

《庄子》(晋郭象注)

《史记》(《孔子世家》，孟、老、庄列传等)

《汉书》(《艺文志》)

《子略》(宋高似孙)

《支那文学史纲》（日本儿岛献吉郎）第二篇第六章

《中国大文学史》(谢无量) 卷二第七章

《中国哲学史大纲》(胡适) 上卷

第四篇

屈原及宋玉

战国之世，言道术既有庄周之蔑诗礼，贵虚无，尤以文辞，陵轹诸子。在韵言则有屈原起于楚，被谗放逐，乃作《离骚》。逸响伟辞，卓绝一世。后人惊其文采，相率仿效，以原楚产，故称“楚辞”。较之于《诗》，则其言甚长，其思甚幻，其文甚丽，其旨甚明，凭心而言，不遵矩度。故后儒之服膺诗教者，或訾而绌之，然其影响于后来之文章，乃甚或在三百篇以上。

屈原，名平，楚同姓也，事怀王为左徒，博闻强志，明于治乱，娴于辞令，王令原草宪令，上官大夫欲夺其稿，不得，谗之于王，王怒而疏屈原。原彷徨山泽，见先王之庙及公卿祠堂，图画天地山川神灵，琦玮僪佹，及古贤圣怪物行事。因书其壁，呵而问之，以抒愤懑，曰《天问》。辞句大率四言；以所图故事，今多失传，故往往难得其解：

“……雄虺九首，儵忽焉在？何所不死，长人何守？靡萍九衢，枲华安居？一蛇吞象，厥大何如？黑水玄趾，三危安在？延年不死，寿何所止？鲮鱼何所，鬿堆焉处？羿焉彃日，乌焉解羽？……”

“……中央共牧后何怒？蜂蚁微命力何固？惊女采薇鹿何祐？北至回水萃何喜？兄有噬犬弟何欲，易之以百两卒无禄？……”

后盖又召还，尝欲联齐拒秦，不见用。怀王与秦婚，子兰劝王入秦，屈原止之，不听，卒为秦所留。长子顷襄王立，子兰为令尹，亦谗屈原，王怒而迁之。原在湘沅之间九年，行吟泽畔，颜色憔悴，作《离骚》，终怀石自投汨罗以死，时盖顷襄王十四五年（前二八五或六）也。

《离骚》者，司马迁以为“离忧”，班固以为“遭忧”，王逸释以离别之愁思，扬雄则解为“牢骚”，故作《反离骚》，又作《畔牢愁》矣。其辞述己之始生，以至壮大，迄于将终，虽怀内美，重以修能，正道直行，而罹谗贼，于是放言遐想，称古帝，怀神山，呼龙虬，思佚女，申纾其心，自明无罪，因以讽谏。其文几二千言，中有云：

“……跪敷衽以陈辞兮，耿吾既得此中正。驷玉虬以乘鷖兮，溘埃风余上征。朝发轫于苍梧兮，夕余至乎县圃，欲少留此灵琐兮，日忽忽其将暮。吾令羲和弭节兮，望崦嵫而勿迫，路曼曼其修远兮，吾将上下而求索。饮余马于咸池兮，总余辔乎扶桑，折若木以拂日兮，聊逍遥以相羊。……览相观于四极兮，周流乎天余乃下，望瑶台之偃蹇兮，见有娀之佚女。吾令鸩为媒兮，鸩告余以不好；雄鸠之鸣逝兮，余犹恶其佻巧。……理弱而媒拙兮，恐导言之不固；时混浊而嫉贤兮，好蔽美而称恶。闺中既以邃远兮，哲王又不寤。怀朕情而不发兮，余焉能忍与此终古！……”

次述占于灵氛，问于巫咸，无不劝其远游，毋怀故宇，于是驰神纵意，将翱将翔，而睠怀宗国，终又宁死而不忍去也：

“……抑志而弭节兮，神高驰之邈邈；奏《九歌》而舞《韶》兮，聊假日以媮乐。陟升皇之赫戏兮，忽临睨夫旧乡；仆夫悲余马怀兮，蜷局顾而不行。乱曰：已矣哉！国无人，莫我知兮，又何怀乎故都？既莫足与为美政兮，吾将从彭咸之所居！”

今所传《楚辞》中有《九章》九篇，亦屈原作。又有《卜居》，《渔父》，述屈原既放，与卜者及渔人问答之辞，亦云自制，然或后人取故事仿作之，而其设为问难，履韵偶句之法，则颇为词人则效，近如宋玉之《风赋》，远如相如之《子虚》，《上林》，班固之《两都》皆是也。

《离骚》之出，其沾溉文林，既极广远，评隲之语，遂亦纷繁，扬之者谓可与日月争光，抑之者且不许与狂狷比迹，盖一则达观于文章，一乃局蹐于诗教，故其裁决，区以别矣。实则《离骚》之异于

《诗》者，特在形式藻采之间耳。时与俗异，故声调不同；地异，故山川神灵动植皆不同；惟欲婚简狄，留二姚，或为北方人民所不敢道，若其怨愤责数之言，则三百篇中之甚于此者多矣。楚虽蛮夷，久为大国，春秋之世，已能赋诗，风雅之教，宁所未习？幸其固有文化，尚未沦亡，交错为文，遂生壮采。刘勰取其言辞，校之经典，谓有异有同，固雅颂之博徒，实战国之风雅，“虽取熔经义，亦自铸伟辞。……故能气往轹古，辞来切今，惊采绝艳，难与并能。”（《文心雕龙》《辨骚》）可谓知言者已。

形式文采之所以异者，由二因缘，曰时与地。古者交接邻国，揖让之际，盖必诵诗，故孔子曰：“不学《诗》，无以言。”周室既衰，聘问歌咏，不行于列国，而游说之风寖盛，纵横之士，欲以唇吻奏功，遂竞为美辞，以动人主。如屈原同时有苏秦者，其说赵司寇李兑也，曰：“雒阳乘轩里苏秦，家贫亲老，无罢车驽马，桑轮蓬箧，羸縢担囊，触尘埃，蒙霜露，越漳、河，足重茧，日百而舍，造外阙，愿造于前，口道天下之事。”（《赵策》一）自叙其来，华饰至此，则辩说之际，可以推知。余波流衍，渐及文苑，繁辞华句，固已非《诗》之朴质之体式所能载矣。况《离骚》产地，与《诗》不同，彼有河渭，此则沅湘，彼惟朴樕，此则兰茝；又重巫，浩歌曼舞，足以乐神，盛造歌辞，用于祀祭。《楚辞》中有《九歌》，谓“楚南郢之邑，沅湘之间，其俗信鬼而好祀，……屈原放逐，……愁思怫郁，出见俗人祭祀之礼，歌舞之乐，其词鄙俚，因为作《九歌》之曲”。而绮靡杳渺，与原他文颇不同，虽曰“为作”，固当有本。俗歌俚句，非不可沾溉词人，句不拘于四言，圣不限于尧舜，盖荆楚之常习，其所由来者远矣。今略录其《湘夫人》：

> “帝子降兮北渚，目眇眇兮愁余。袅袅兮秋风，洞庭波兮木叶下。登白薠兮骋望，与佳期兮夕张。鸟何萃兮苹中，罾何为兮木上？沅有芷兮澧有兰，思公子兮未敢言；慌惚兮远望，观流水兮潺湲。麋何食兮庭中，蛟何为兮水裔？朝驰余马兮江皋，夕济兮西澨。闻佳人兮召予，将腾驾兮偕逝。筑室兮水中，葺之以荷盖。荪壁兮紫坛，播芳椒兮盈堂，桂栋兮兰橑，辛夷楣兮药房。……

芷葺兮荷盖，缭之兮杜衡，合百草兮实庭，建芳馨兮庑门。九疑缤兮并迎，灵之来兮如云。捐余袂兮江中，遗余褋兮澧浦，搴汀洲兮杜若，将以遗兮远者。时不可兮骤得，聊逍遥兮容与。”

同时有儒者赵人荀况（约前三一五至二三〇），年五十始游学于齐，三为祭酒；已而被谗适楚，春申君以为兰陵令。亦作赋，《汉书》云十篇，今有五篇在《荀子》中，曰《礼》，曰《知》，曰《云》，曰《蚕》，曰《箴》，臣以隐语设问，而王以隐语解之，文亦朴质，概为四言，与楚声不类。又有《佹诗》，实亦赋，言天下不治之意，即以遗春申君者，则词甚切激，殆不下于屈原，岂身临楚邦，居移其气，终亦生牢愁之思乎？

“天下不治，请陈佹诗：天地易位，四时易乡。列星殒坠，旦暮晦盲。……仁人绌约，敖暴擅强。天下幽险，恐失世英。螭龙为蝘蜓，鸱枭为凤凰。比干见刳，孔子拘匡。昭昭乎其知之明也，郁郁乎其遇时之不祥也。……圣人共手，时几将矣，与愚以疑，愿闻反辞。其小歌曰：念彼远方，何其塞矣。仁人绌约，暴人衍矣。忠臣危殆，谗人般矣。璇玉瑶珠，不知佩也。杂布与锦，不知异也。……以盲为明；以聋为聪；以危为安；以吉为凶。呜呼上天，曷维其同！”

稍后，楚又有宋玉唐勒景差之徒，皆好辞，而以赋见称。然虽学屈原之文辞，终莫敢直谏，盖掇其哀愁，猎其华艳，而“九死未悔”之概失矣。宋玉者，王逸以为屈原弟子；事怀王之子襄王，为大夫，然不得志。所作本十六篇，今存十一篇，殆多后人拟作，可信者有《九辩》。《九辩》本古辞，玉取其名，创为新制，虽驰神逞想，不如《离骚》，而凄怨之情，实为独绝。如：

“皇天平分四时兮，窃独悲此凛秋。白露既下降百草兮，奄离披此梧楸。去白日之昭昭兮，袭长夜之悠悠。离芳蔼之方壮兮，余萎约而悲愁。秋既先戒以白露兮，冬又申之以严霜。……岁忽忽而遒尽兮，恐余寿之弗将。悼余生之不时兮，逢此世之俇攘。澹容与而独倚兮，蟋蟀鸣此西堂。心怵惕而震荡兮，何所忧之多方？卬明月而太息兮，步列星而极明。”

又有《招魂》一篇，外陈四方之恶，内崇楚国之美，欲召魂魄，来归修门。司马迁以为屈原作，然辞气殊不类。其文华靡，长于敷陈，言险难则天地间皆不可居，述逸乐则饮食声色必极其致，后人作赋，颇学其夸。句末俱用“些”字，亦为创格，宋沈存中云，“今夔峡湖湘及南北江獠人，凡禁咒句尾皆称些，乃楚人旧俗”也。

> “……魂兮归来，南方不可以止些。雕题黑齿，得人肉以祀，以其骨为醢些。蝮蛇蓁蓁，封狐千里些。雄虺九首，往来倏忽，吞人以益其心些。魂兮归来，不可以久淫些。……魂兮归来，君无上天些。虎豹九关，啄害下人些。一夫九首，拔木九千些。豺狼从目，往来侁侁些。悬人以嬉，投之深渊些。致命于帝，然后得瞑些。归来归来，往恐危身些。……魂兮归来，入修门些。……室家遂宗，食多方些。稻粢穱麦，挐黄粱些。大苦醎酸，辛甘行些。肥牛之腱，臑若芳些。和酸若苦，陈吴羹些。胹鳖炮羔，有柘浆

些。……肴羞未通，女乐罗些。敶锺按鼓，造新歌些。涉江采菱，发扬荷些。美人既醉，朱颜酡些。娭光眇视，目曾波些。被文服纤，丽而不奇些。长发曼鬋，艳陆离些。……”

其称为赋者则九篇，（《文选》四篇；《古文苑》六篇，然《舞赋》实傅毅作）大率言玉与唐勒景差同侍楚王，即事兴情，因而成赋，然文辞繁缛填委，时涉神仙，与玉之《九辩》《招魂》及当时情景颇违异，疑亦犹屈原之《卜居》《渔父》，皆后人依托为之。又有《对楚王问》，（见《文选》及《说苑》）自辩所以不见誉于士民众庶之故，先征歌曲，次引鲸凤，以明俗士之不能知圣人。其辞甚繁，殆如游说之士所谈辩，或亦依托也。然与赋当并出汉初。刘勰谓赋萌于《骚》，荀卿宋玉，乃锡专名，与诗划境，蔚成大国；又谓“宋玉含才，始造‘对问’”，于是枚乘《七发》，扬雄《连珠》，抒愤之文，郁然盛起。然则《骚》者，固亦受三百篇之泽，而特由其时游说之风而恢宏，因荆楚之俗而奇伟；赋与对问，又其长流之漫于后代者也。

唐勒景差之文，今所传尤少。《楚辞》中有《大招》，欲效《招魂》而甚不逮，王逸云，“屈原之所作也；或曰景差。”审其文辞，谓差为近。

参考书：

《楚辞集注》(宋朱熹)

《荀子》卷十八

《史记》卷八十四《屈原贾生列传》

《文心雕龙讲疏》(范文澜) 卷一《辨骚》，卷二《诠赋》，卷三《杂文》

《支那文学之研究》(日本铃木虎雄) 卷一《骚赋之生成》

《楚辞新论》(谢无量)

《楚辞概论》(游国恩)

第五篇

李斯

秦始皇帝即位之初，相国吕不韦以列国常下士喜宾客，且多辩士，如荀况之徒，著书布天下，乃亦厚养士，使人人著其所知，集以为书，凡二十余万言，号曰《吕氏春秋》，布咸阳市门，延诸侯游士宾客，有能增损一字者予千金。始皇既壮，绌不韦；又渐并兼列国，虽亦召文学，置博士，而终则焚烧《诗》《书》，杀诸生甚众，重任丞相李斯，以法术为治。

李斯，楚上蔡人，少与韩非俱从荀况学帝王之术，成而入秦，为吕不韦舍人，说始皇，拜为长史，渐进至左丞相，二世二年（前二〇八）宦者赵高诬以谋反，杀之，具五刑，夷三族。斯虽出荀卿之门，而不师儒者之道，治尚严急，然于文字，则有殊勋，六国之时，文字异形，斯乃立意，罢其不与秦文合者，画一书体，作《仓颉》七章，与古文颇不同，后称秦篆；又始造隶书，盖起于官狱多事，苟趋简易，施之于徒隶也。法家大抵少文采，惟李斯奏议，尚有华辞，如上书《谏逐客》云：

“……必秦国所生然后可，则是夜光之璧，不饰朝廷；犀象之器，不为玩好；郑卫之女，不充后宫；而骏良駃騠，不实外厩；江南金锡不为用，西蜀丹青不为采。……夫击瓮叩缶，弹筝搏髀，而歌呼呜呜快耳目者，真秦之声也。郑卫桑间，《昭虞》《武象》者，异国之乐也。今弃击瓮叩缶而就郑卫，退弹筝而取《昭虞》。若是者，何也？快意当前，适观而已矣。今取人则不然：不问可否，不论曲直，非秦者去，为客者逐。然则是所重者在乎色乐珠玉，而所轻者在乎人民也。此非所以跨海内，制诸侯之术也。……”

二十八年，始皇始东巡郡县，群臣乃相与诵其功德，刻于金石，以垂后世。其辞亦李斯所为，今尚有流传，质而能壮，实汉晋碑铭所从出也。如《泰山刻石文》：

“皇帝临位，作制明法，臣下修饬。二十六年，初并天下，罔不宾服。亲巡天下黎民，登兹泰山，周览东极。从臣思迹，本原事业，祇诵功德。治道运行，诸产得宜，皆有法式。大义休明，垂于后世，顺承勿革。皇帝躬圣，既平天下，不懈于治。……昭隔内外，靡不清净，施于后嗣。化及无穷，遵奉遗诏，永承重戒。”

三十六年，东郡民刻陨石以诅始皇，案问不服，尽诛石旁居人。始皇终不乐，乃使博士作《仙真人诗》；及行所游天下，传令乐人歌弦之。其诗盖后世游仙诗之祖，然不传。《汉书》《艺文志》著秦时杂赋九篇；《礼乐志》云周有《房中乐》，至秦名曰《寿人》，今亦俱佚。故由现存者而言，秦之文章，李斯一人而已。

参考书：

《史记》卷六《秦始皇帝本纪》，卷八十五

《吕不韦》，八十七《李斯列传》

《全秦文》(清严可均辑)

《中国大文学史》(谢无量) 第二编第八章

第六篇

汉宫之楚声

秦既焚烧《诗》《书》，坑诸生于咸阳，儒者乃往往伏匿民间，或则委身于敌以舒愤怨。故陈涉起匹夫，旬月王楚，而鲁诸儒持孔氏之礼器归之；孔甲则为涉博士，与俱败死。汉兴，高祖亦不乐儒术，其佐又多刀笔之吏，惟郦食其，陆贾，叔孙通文雅，有博士余风。然其厕足汉廷，亦非尽因文术，陆贾虽称说《诗》《书》，顾特以辩才见赏，郦生固自命儒者，而高祖实以说客视之；至叔孙通，则正以曲学阿世取容，非重其能定朝仪，知典礼也。即位之后，过鲁，虽曾以中牢祀孔子，盖亦英雄欺人，将借此收揽人心，俾知一反秦之所为而已。高祖崩，儒者亦不见用，《汉书》《儒林传》云:“孝惠高后时，公卿皆武力功臣。孝文本好刑名之言。及至孝景，不任儒;窦太后又好黄老术，故诸博士具官待问，未有进者。”

故在文章，则楚汉之际，诗教已熄，民间多乐楚声，刘邦以一亭长登帝位，其风遂亦被宫掖。盖秦灭六国，四方怨恨，而楚尤发愤，誓虽三户必亡秦，于是江湖激昂之士，遂以楚声为尚。项籍困于垓下，歌曰:“力拔山兮气盖世，时不利兮骓不逝！骓不逝兮可奈何？虞兮虞兮奈若何？”楚声也。高祖既定天下，因征黥布过沛，置酒沛宫，召故人父老子弟佐酒，自击筑歌曰:“大风起兮云飞扬。威加海内兮归故乡。安得猛士兮守四方！”亦楚声也。且发沛中儿百二十人教之歌，群儿皆和习之。其后欲立戚夫人子赵王如意，因而废太子，不果，戚夫人泣涕，亦令作楚舞，而自为楚歌:

> “鸿鹄高飞，一举千里，羽翼已就，横绝四海。横绝四海，又可奈何？虽有矰缴，尚安所施？”

《房中乐》始于周，以乐祖先。汉初，高帝姬唐山夫人作乐词，以从帝所好，亦楚声。至孝惠二年（前一九三）使乐府令夏侯宽备其箫管，更名《安世乐》，凡十六章，今录其二：

“丰草葽，女罗施。善何如，谁能回？大莫大，成教德；长莫长，被无极。”

“都荔遂芳，窅窊桂华。孝奏天仪，若日月光。乘玄四龙，回驰北行。羽旄殷盛，芬哉芒芒。孝道随世，我署文章。”

又以沛宫为原庙，令歌儿吹习高帝《大风》之歌，遂用百二十人为常员。文景相嗣，礼官肄之。楚声之在汉宫，其见重如此，故后来帝王仓卒言志，概用其声，而武帝词华，实为独绝。当其行幸河东，祠后土，顾视帝京，忻然中流，与群臣醼饮，自作《秋风辞》，缠绵流丽，虽词人不能过也：

“秋风起兮白云飞，草木黄落兮雁南归。兰有秀兮菊有芳，怀佳人兮不能忘。泛楼船兮济汾河，横中流兮扬素波，箫鼓鸣兮发棹歌。欢乐极兮哀情多，少壮几时兮奈老何。”

降及少帝，将为董卓所酖，与妻唐姬别，悲歌云：“天道易兮我何艰，弃万乘兮退守藩。逆臣见迫兮命不延，逝将去汝兮适幽玄！”唐姬歌曰：“皇天崩兮后土颓，身为帝兮命夭摧。死生路异兮从此乖，奈我茕独兮中心哀！”虽临危抒愤，词意浅露，而其体式，亦皆楚歌也。

参考书：

《汉书》(《帝纪》,《礼乐志》)

《全汉诗》(丁福保辑)

《中国大文学史》(谢无量）第三编第一章

第七篇

贾谊与晁错

汉初善言治道，亦擅文章者，先有陆贾佐高祖，每称说《诗》《书》；高帝命著书言秦所以失天下及古今成败，每奏一篇，帝未尝不称善，名其书曰《新语》；今存。文帝时则有颍川贾山，尝借秦为喻，言治乱之道，名曰《至言》；其后每上书，言多激切，善指事意，然不见用。所言今多亡失，惟《至言》见于《汉书》本传。

贾谊，雒阳人，尝从秦博士张苍受《春秋左氏传》。年十八，以能诵《诗》《书》属文称于郡中，廷尉吴公荐于文帝，召为博士，时年二十余，而善于答诏令，诸生莫能及。文帝悦之，一岁中超迁至大中大夫，且拟以任公卿。绛灌冯敬等毁之曰：“雒阳之人年少初学，专欲擅权，纷乱诸事。”于是帝亦疏之，不用其议；后以谊为长沙王太傅。谊既以谪去，意不自得，及渡湘水，为赋吊屈原，亦以自谕也：

“恭承嘉惠兮俟罪长沙，侧闻屈原兮自湛汨罗。造托湘流兮敬吊先生，遭世罔极兮乃殒厥身。呜呼哀哉兮逢时不祥，鸾凤伏窜兮鸱枭翱翔。阘茸尊显兮谗谀得志，贤圣逆曳兮方正倒植。……吁嗟默默，生之无故兮。斡弃周鼎，宝康瓠兮。腾驾罢牛，骖蹇驴兮。骥垂两耳，服盐车兮。章甫荐履，渐不可久兮。嗟苦先生，独离此咎兮。讯曰：已矣，国其莫我知兮，独壹郁其谁语。凤漂漂其高逝兮，夫固自引而远去。袭九渊之神龙兮，沕深潜以自珍；偭蟂獭以隐处兮，夫岂从虾与蛭螾。所贵圣人之神德兮，远浊世而自藏；使骐骥可得系而羁兮，岂云异夫犬羊。般纷纷其离此尤兮，亦夫子之故也；历九州而相其君兮，何必怀此都也！凤凰翔于千仞兮，览德辉而下之；

见细德之险征兮，遥曾击而去之。彼寻常之污渎兮，岂能容夫吞舟之巨鱼；横江湖之鳣鲸兮，固将制于蝼蚁。”

三年，有鸮飞入谊舍，止于坐隅。长沙卑湿，谊自惧不寿，因作《服赋》以自广，服者，楚人之谓鸮也。大意谓祸福纠缠，吉凶同域，生不足悦，死不足患，纵躯委命，乃与道俱，见服细故，无足疑虑。其外死生，顺造化之旨，盖得之于庄生。岁余，文帝征谊，问鬼神之本，自叹为不能及。顷之，拜为帝少子梁怀王太傅。时复封淮南厉王子四人为列侯，谊上疏以谏；又以诸侯王僭拟，地或连数郡，非古之制，乃屡上书陈政事，请稍削之。其治安之策，洋洋至六千言，以为天下“事势，有可为痛哭者一，可为流涕者二，可为长太息者六，若其它背理而伤道者，难遍以疏举”，因历指其失，颇切事情，然不见听。居数年，怀王堕马死，无后；谊自伤为傅无状，哭泣岁余，亦死，年三十三（前二〇〇至一六八）。

晁错，颍川人，少学申商刑名于轵张恢所，文帝时以文学为太常掌故，被遣从济南伏生受《尚书》，还，因上便宜事，以《书》称说，诏以为太子舍人、门大夫，迁博士，拜太子家令。又以辩得幸太子，太子家号曰智囊。举贤良文学，对策高第，又数上书文帝，言削诸侯事及法令可更定者，帝不听，然奇其材，迁中大夫。景帝即位，以为内史，言事辄听，始宠幸倾九卿，法令多所更定，袁盎申屠嘉皆弗善之，而错愈贵，迁为御史大夫。又请削诸侯之地，收其枝郡。其说削吴云：

> “昔高帝初定天下，昆弟少，诸子弱，大封同姓，故孽子悼惠王王齐七十二城，庶弟元王王楚四十城，兄子王吴五十余城。封三庶孽，分天下半。今吴王前有太子之隙，诈称病不朝，于古法当诛。文帝不忍，因赐几杖，德至厚也。不改过自新，乃益骄恣，公即山铸钱，煮海为盐，诱天下亡人，谋作乱逆。今削之亦反，不削亦反。削之，其反亟，祸小；不削之，其反迟，祸大。”

错请削地之奏，诸贵人皆不敢难，惟窦婴争之，由是与错有隙。诸侯亦先疾其所更法令三十章，于是吴楚七国遂反，以诛错为名；窦婴袁盎又说文帝，令晁错衣朝衣，斩于东市（前一五四年）。

晁贾性行，其初盖颇同，一从伏生传《尚书》，一从张苍受《左氏》。错请削诸侯地，且更定法令；谊亦欲改正朔，易服色；又同被功臣贵幸所谮毁。为文皆疏直激切，尽所欲言；司马迁亦云："贾生晁错明申商。"惟谊尤有文采，而沉实则稍逊，如其《治安策》，《过秦论》，与晁错之《贤良对策》，《言兵事疏》，《守边劝农疏》，皆为西汉鸿文，沾溉后人，其泽甚远；然以二人之论匈奴者相较，则可见贾生之言，乃颇疏阔，不能与晁错之深识为伦比矣。

惟其后之所以绝异者，盖以文帝守静，故贾生所议，皆不见用，为梁王傅，抑郁而终。晁错则适遭景帝，稍能改革，于是大获宠幸，得行其言，卒召变乱，斩于东市；又夙以刑名著称，遂复来"为人陗直刻深"之谤。使易地而处，所遇之主不同，则其晚节末路，盖未可知也。但贾谊能文章，平生又坎壈，司马迁哀其不遇，以与屈原同传，遂尤为后世所知闻。

参考书：

《史记》(卷八十四，一百一)

《汉书》(卷四十八，四十九)

《全汉文》(清严可均辑)

《中国大文学史》(第三编第二章)

《支那文学史纲》(第三篇第四章)

第八篇

藩国之文术

汉高祖虽不喜儒，文景二帝，亦好刑名黄老，而当时诸侯王中，则颇有倾心养士，致意于文术者。楚，吴，梁，淮南，河间五王，其尤著者也。

楚元王交为高祖同父少弟，好书多材艺，少时，与鲁穆生，白生，申公，俱受《诗》于孙卿门人浮丘伯。故好《诗》，既王楚，诸子亦皆读《诗》；申公始为《诗》传，号“鲁诗”；元王亦自为传，号“元王诗”。汉初治《诗》大师，皆居于楚；申公，白公之外，又有韦孟，为元王傅，傅子夷王，及孙王戊。戊荒淫不遵道，孟乃作诗讽谏；后遂去位，徙家于邹，又作诗一篇，其叙事布词，自为一体，皆有风雅遗韵。魏晋以来，逮相师法，用以叙先烈，述祖德，故任昉《文章缘起》以为“四言诗起于前汉楚王傅韦孟《谏楚夷王戊》诗”也。

吴王濞者，高祖兄仲之子。文帝时，吴太子入见，与皇太子争博道，皇太子引博局提杀之。吴王由是怨望，藏亡匿死，积三十余年，故能使其众。然所用多纵横游说之士；亦有并擅文词者，如严忌，邹阳，枚乘等。吴既败，皆游梁。

梁孝王名武，文帝窦皇后少子也。七国之叛，梁距吴楚最有功，又最为大国，卤簿拟天子；招延四方豪杰，自山东游士莫不至。传《易》者有丁宽，以授田王孙，田授施仇，孟喜，梁丘贺，由是《易》有施孟梁丘三家之学。又有羊胜，公孙诡，韩安国，各以辩智著称。吴败，吴客又皆游梁；司马相如亦尝游梁，皆词赋高手，天下文学之盛，当时盖未有如梁者也。

严忌本姓庄，后避明帝讳，称严，会稽吴人。好词赋，哀屈原忠贞不遇，作词曰《哀时命》。遭景帝不好词赋，无所得志，乃游吴；吴败，徒步入梁，受知孝王，与邹阳，枚乘同见尊重，而忌名尤盛，世称庄夫子。《汉志》有《庄夫子赋》二十四篇；今仅存《哀时命》一篇，在《楚辞》中。

邹阳，齐人，初与严忌，枚乘等俱仕吴，皆以文辩著名。吴王将叛，阳作书以谏，不见用，乃去而之梁，从孝王游。其为人有智略，慷慨不苟合，为羊胜，公孙诡所谗，孝王怒，下阳于狱，将杀之。阳在狱中，上书自明：

> “……语曰：有白头如新，倾盖如故。何则？知与不知也。故樊於期逃秦之燕，借荆轲首以奉丹事；王奢去齐之魏，临城自刭，以却齐而存魏。夫王奢樊於期，非新于齐秦而故于燕魏也，所以去二国，死两君者，行合于志而慕义无穷也。……今人主诚能去骄傲之心，怀可报之意，披心腹，见情素，隳肝胆，施德厚，终与之穷达，无爱于士，则桀之犬可使吠尧，而跖之客可使刺由。何况因万乘之权，假圣王之资乎？然则荆轲湛七族，要离燔妻子，岂足为大王道哉？……”

书奏，孝王立出之，卒为上客。后羊胜公孙诡以罪死，阳独为梁王解深怒于天子。盖吴蓄深谋，偏好策士，故文辩之士，亦常有纵横家遗风，词令文章，并长辟阖，犹战国游士之口说也。《汉志》纵横家，有《邹阳》七篇，而不录其词赋，似阳之在汉，固以权略见称。《西京杂记》云：梁孝王游于忘忧之馆，集诸游士，使各为赋。枚乘《柳赋》，路乔如《鹤赋》，公孙诡《文鹿赋》，邹阳《酒赋》，公孙乘《月赋》，羊胜《屏风赋》，韩安国作《几赋》不成，邹阳代作。邹阳安国罚酒三升；赐枚乘路乔如绢，人五匹。《西京杂记》为晋葛洪作，托之刘歆，则诸赋或亦洪之所为耳。

枚乘，字叔，淮阴人，为吴王濞郎中。吴王谋为逆，乘上书以谏，吴王不纳，乃去而之梁。汉既平七国，乘由是知名，景帝召拜弘农都尉。乘久为大国上宾，不乐郡吏，以病去官；复游梁。梁客皆善属词，乘尤高。梁孝王薨，乘归淮阴。武帝自为太子闻乘名，及即位，乘年老，乃以安车蒲轮征乘，道死（前一四〇）。

《汉志》有《枚乘赋》九篇；今惟《梁王菟园赋》存。《临灞池远诀赋》仅存其目，《柳赋》盖伪托。然乘于文林，业绩之伟，乃在略依《楚辞》《七谏》之法，并取《招魂》《大招》之意，自造《七发》。借吴楚为客主，先言舆辇之损，宫室之疾，食色之害，宜听妙言要道，以疏神导体。于是说以声色逸游之乐等等，凡六事，最末为观涛于广陵：

> “……其始起也，洪淋淋焉若白鹭之下翔；其少进也，浩浩溰溰，如素车白马帷盖之张。其波涌而云乱，扰扰焉如三军之腾装。其旁作而奔起也，飘飘焉如轻车之勒兵。六驾蛟龙，附从太白。纯驰浩蜺，前后骆驿。颙颙卬卬，椐椐强强，莘莘将将。壁垒重坚，沓杂似军行。訇隐匈盖，轧盘涌裔，原不可当。观其两傍，则滂渤怫郁，暗漠感突，上击下律。有似勇壮之卒，突怒而无畏，蹈壁冲津，穷曲随隈，逾岸出追，遇者死，当者坏。……”

其说皆不入，则云：

> “将为太子奏方术之士，有资略者，若庄周，魏牟，杨朱，墨翟，便娟，詹何之伦，使之论天下之精微，理万物之是非；孔老览观，孟子持筹而算之，万不失一。此亦天下要言妙道也，太

子岂欲闻之乎？于是太子据几而起，曰：涣乎若一听圣人辩士之言。涊然汗出，霍然病已。”

由是遂有“七”体，后之文士，仿作者众，汉傅毅有《七激》，刘广有《七兴》，崔骃有《七依》，……凡十余家；递及魏晋，仍多拟造。谢灵运有《七集》十卷，卞景有《七林》十二卷，梁又有《七林》三十卷，盖即集众家此体为之，今俱佚；惟乘《七发》及曹植《七启》，张协《七命》，在《文选》中。

《文选》又有《古诗十九首》，皆五言，无撰人名。唐李善曰：“并云古诗，盖不知作者；或云枚乘，疑不能明也。”然陈徐陵所集《玉台新咏》，则其中九首，明题乘名。审如是，乘乃不特始创七体，且亦肇开五古者矣，今录其三：

“西北有高楼，上与浮云齐，交疏结绮窗，阿阁三重阶。上有弦歌声，音响一何悲，谁能为此曲，无乃杞梁妻。清商随风发，中曲正徘徊，一弹再三叹，慷慨有余哀。不惜歌者苦，但伤知音稀。愿为双鸿鹄，奋翅起高飞。”

“……相去日已远，衣带日已缓。浮云蔽白

日，游子不复返。思君令人老，岁月忽已晚。弃捐勿复道，努力加餐饭。”

“迢迢牵牛星，皎皎河汉女。纤纤濯素手，札札弄机杼，终日不成章，泣涕零如雨。河汉清且浅，相处复几许，盈盈一水间，脉脉不得语。”

其词随语成韵，随韵成趣，不假雕琢，而意志自深，风神或近楚《骚》，体式实为独造，诚所谓“畜神奇于温厚，寓感怆于和平，意愈浅愈深，词愈近愈远”者也。稍后李陵与苏武赠答，亦为五言，盖文景以后，渐多此体，而天质自然，终当以乘为独绝矣。

淮南王安为文帝所封，好书，鼓琴；招致宾客方术之士数千人，作为《内书》二十一篇，《外书》甚众；又有《中篇》八卷，言神仙黄白之术，亦二十余万言。时武帝方好艺文，以安为诸父，辩博善文辞，甚尊重之。尝使为《离骚传》，旦受诏，日食时上。传今亡；所传者惟《淮南》二十一篇，亦曰《鸿烈》。其书盖与诸游士讲论，掇拾旧文而成。其诸游士著者，则为苏飞，李尚，左吴，田由，雷被，毛被，伍被，晋昌等八人，是曰八公；又分造词赋，以类相从，或称《大山》，或称《小山》，其义犹《诗》之有《大雅》《小雅》也。小山之徒有《招隐士》之赋，其源虽出《离骚》《招魂》等，而不泥于迹象，为汉代楚辞之新声：

> “桂树丛生兮山之幽，偃蹇连蜷兮枝相缭。山气巃嵸兮石嵯峨；溪谷崭岩兮水曾波。猿狖群啸兮虎豹嗥，攀援桂枝兮聊淹留。王孙游兮不归，春草生兮萋萋，岁暮兮不自聊，蟪蛄鸣兮啾啾。坱兮轧，山曲岪，心淹留兮恫慌忽；罔兮沕，憭兮栗，虎豹穴，丛薄深林兮人上栗。嵚岑碕礒兮碅磳魂硊，树轮相纠兮林木茷骫；青莎杂树兮薠草靃靡；白鹿麏麚兮或腾或倚，状皃崟崟兮峨峨，凄凄兮漇漇。猕猴兮熊罴，慕类兮以悲。攀援桂枝兮聊淹留，虎豹斗兮熊罴咆，禽兽骇兮亡其曹。王孙兮归来，山中兮不可以久留。”

河间献王德为景帝子，亦好书，而所得皆古文先秦旧书。又立《毛氏诗》，《左氏春秋》博士；山东诸儒，多从而游。其所好盖与楚元王交相类。惟吴梁淮南三国之客，较富文词，梁客之上者，多来自吴，甚有纵横家余韵；聚淮南者，则大抵浮辩方术之士也。

参考书：

《史记》(卷一百六，一百十八)

《汉书》(卷三十六，四十四，四十七，五十一，五十三)

《全汉文》(清严可均辑)

《中国大文学史》(第三编第三章)

第九篇

武帝时文术之盛

武帝有雄材大略，而颇尚儒术。即位后，丞相卫绾即请奏罢郡国所举贤良治申商韩非苏秦张仪之言者。又以安车蒲轮征申公枚乘等；议立明堂；置“五经”博士。元光间亲策贤良，则董仲舒公孙弘等出焉。又早慕词赋，喜“楚辞”，尝使淮南王安为《离骚》作传。其所自造，如《秋风辞》（见第六篇）《悼李夫人赋》（见《汉书》《外戚传》）等，亦入文家堂奥。复立乐府，集赵代秦楚之讴，以李延年为协律都尉，多举司马相如等数十人作诗颂，用于天地诸祠，是为《十九章》之歌。延年辄承意弦歌所造诗，谓之“新声曲”，实则楚声之遗，又扩而变之者也。其《郊祀歌》十九章，今存《汉书》《礼乐志》中，第三至第六章，皆题“邹子乐”。

> “朱明盛长，旉与万物。桐生茂豫，靡有所诎。敷华就实，既阜既昌，登成甫田，百鬼迪尝。广大建祀，肃雍不忘。神若宥之，传世无疆。”(《朱明》四“邹子乐”)

> “日出入安穷，时世不与人同。故春非我春，夏非我夏，秋非我秋，冬非我冬。泊如四海之池，遍观是邪谓何。吾知所乐，独乐六龙。六龙之调，使我心若。訾，黄其何不来下！”(《日出入》九)

是时河间献王以为治道非礼乐不成，因献所集雅乐；大乐官亦肄习之以备数，然不常用，用者皆新声。至敖游醼饮之时，则又有新声变曲。曲亦昉于李延年。延年中山人，身及父母兄弟皆故倡，坐法腐刑，给事狗监中。性知音，善歌舞，武帝爱之，每为新声变曲，闻者莫不感动。尝侍武帝，起舞，歌曰：“北方有佳人，绝世而独立，一顾倾人城，再顾倾人国。宁不知倾城与倾国，佳人难再得。”因进其女弟，得幸，号李夫人，早卒。武帝思念不已，方士齐人少翁言能致其魂，乃夜张烛设帐，而令帝居他帐遥望，见一好女，如李夫人之貌，然不得就视。帝愈益相思悲感，作为诗曰：“是耶非耶？立而望之，偏何姗姗其来迟。”令乐府诸音家弦歌之。随事兴咏，节促意长，殆即所谓新声变曲者也。

文学之士，在武帝左右者亦甚众。先有严助，会稽吴人，严忌子也，或云族家子，以贤良对策高第，擢为中大夫。助荐吴人朱买臣召见，说《春秋》，言“楚词”，亦拜中大夫，与严助俱侍中。又有吾丘寿王，司马相如，主父偃，徐乐，严安，东方朔，枚皋，胶仓，终军，严葱奇等；而东方朔，枚皋，严助，吾丘寿王，司马相如尤见亲幸。相如文最高，然常称疾避事；朔皋持论不根，见遇如俳优，惟严助与寿王见任用。助最先进，常与大臣辩论国家便宜，有奇异亦辄使为文及作赋颂数十篇。寿王字子赣，赵人，年少以善格五召待诏，迁侍中中郎；有赋十五篇，见《汉志》。

东方朔字曼倩，平原厌次人也。武帝初即位，征天下举方正贤良文学材力之士，待以不次之位，四方士多上书言得失，自衒鬻者以千数。朔初来，上书曰："臣朔少失父母，长养兄嫂。年十二学书，三冬，文史足用。十五学击剑。十六学诗书，诵二十二万言。十九学孙吴兵法，战阵之具，钲鼓之教，亦诵二十二万言。凡臣朔固已诵四十四万言。又常服子路之言。臣朔年二十二；长九尺三寸，目若悬珠，齿若编贝；勇若孟贲，捷若庆忌，廉若鲍叔，信若尾生。若此，可以为天子大臣矣。臣朔昧死，再拜以闻。"其文辞不逊，高自称誉。帝伟之，令待诏公车；渐以奇计俳辞得亲近，诙达多端，不名一行，然时观察颜色，直言切谏，帝亦常用之。尝至太中大夫，与枚皋郭舍人俱在左右，但诙啁而已，不得大官，因以刑名家言求试用，辞数万言，指意放荡，颇复诙谐，终不见用，乃作《答客难》（见《汉书》本传）以自慰谕。又有《七谏》（见《楚辞》），则言君子失志，自古而然。临终诫子云："明者处世，莫尚于中，优哉游哉，与道相从。首阳为拙，柳下为工。饱食安步，以仕代农。依隐玩世，诡时不逢。……圣人之道，一龙一蛇，形见神藏，与物变化，随时之宜，无有常家。”又黄老意也。朔盖多所通晓，然先以自衒进身，终以滑稽名世，后之好事者因取奇言怪语，附著之朔；方士又附会以为神仙，作《神异经》《十洲记》，托为朔造，其实皆非也。

枚皋者字少孺，枚乘孽子也。武帝征乘，道死，诏问乘子，无能为文者。皋上书自陈，得见，诏使作《平乐观赋》，善之，拜为郎，使匈奴。然皋好诙笑，为赋颂多嫚戏，故不得尊显，见视如倡，才比东方朔郭舍人。作文甚疾，故所赋甚多，自谓不及司马相如，而颇诋娸东方朔，又自诋娸。班固云：“其文骫骳，曲随其事，皆得其意，颇诙笑，不甚闲靡。凡可读者百二十篇，其尤嫚戏不可读者尚数十篇。”

至于儒术之士，亦擅文词者，则有菑川薛人公孙弘，字次卿，元光中贤良对策第一，拜博士，终为丞相，封平津侯，于是天下学士，靡然向风矣。广川董仲舒与公孙弘同学，于经术尤著，景帝时已为博士，武帝即位，举贤良对策，除江都相，迁胶西相，卒。

尝作《士不遇赋》(见《古文苑》)，有云：

> “……观上世之清辉兮，廉士亦茕茕而靡归。殷汤有卞随与务光兮，周武有伯夷与叔齐；卞随务光遁迹于深山兮，伯夷叔齐登山而采薇。使彼圣贤其繇周遑兮，矧举世而同迷。若伍员与屈原兮，固亦无所复顾。亦不能同彼数子兮，将远游而终古。……”

终则谓不若反身素业，归于一善，托声楚调，结以中庸，虽为粹然儒者之言，而牢愁狷狭之意尽矣。

小说家言，时亦兴盛。洛阳人虞初，以方士侍郎，号黄车使者，作《周说》九百四十三篇。齐人饶，不知其姓，为待诏，作《心术》二十五篇。又有《封禅方说》十八篇，不知何人作，然今俱亡。

诗之新制，亦复蔚起。《骚》《雅》遗声之外，遂有杂言，是为“乐府”。《汉书》云东方朔作八言及七言诗，各有上下篇，今虽不传，然元封三年作柏梁台，诏群臣二千石有能为七言诗，乃得上坐，则其辞今具存，通篇七言，亦联句之权舆也：

“日月星辰和四时皇帝，骖驾驷马从梁来梁王，郡国士马羽林材大司马，总领天下诚难治丞相，和抚四夷不易哉大将军，刀笔之吏臣执之御史大夫，（中略）蛮吏朝贺常会期典属国，柱枅欂栌相枝持大匠。枇杷橘栗桃李梅太官令，走狗逐兔张罘罳上林令，啮妃女唇甘如饴郭舍人，迫窘诘屈几穷哉东方朔。”

褚少孙补《史记》云：“东方朔行殿中，郎谓之曰：人皆以先生为狂。朔曰：如朔等，所谓避世于朝廷间者也。古之人乃避世于深山中。时坐席中酒酣，乃据地歌曰——

陆沉于俗，避世金马门。宫殿中，可以避世全身；何必深山之中，蒿庐之下。”

亦新体也，然或出后人附会。

五言有枚乘开其先，而是时苏李别诗，亦称佳制。苏武字子卿，京兆杜陵人，天汉元年，以中郎将使匈奴，留不遣。李陵字少卿，陇西成纪人，天汉二年击匈奴，兵败降虏，单于以女妻之，立为右校王；汉夷其族。至元始六年，苏武得归，故与陵以诗赠答：

“携手上河梁，游子暮何之。徘徊蹊路侧，悢悢不能辞。行人难久留，各言长相思。安知非日月，弦望自有时。努力崇明德，皓首以为期。”（李陵与苏武诗三首之一）

“二凫俱北飞，一凫独南翔。子当留斯馆，我当归故乡。一别如秦胡，会见何讵央。怆悢切中怀，不觉泪沾裳。愿子长努力，言笑莫相忘。”（苏武别李陵。见《初学记》卷十八，然疑是后人拟作）

武归后拜典属国；宣帝即位，赐爵关内侯，神爵二年（前六十）卒，年八十余。陵则在匈奴二十余年，卒，有集二卷。诗以外，后世又颇传其书问，在《文选》及《艺文类聚》中。

参考书：

《史记》(卷一百二十六)

《汉书》（卷六，二十二，五十一，五十四，六十五，九十三）

《乐府诗集》(宋郭茂倩编)

《全汉文》(清严可均辑)

《全汉诗》(丁福保辑)

《中国大文学史》(第三编第四章)

第十篇

司马相如与司马迁

武帝时文人，赋莫若司马相如，文莫若司马迁，而一则寥寂，一则被刑。盖雄于文者，常桀骜不欲迎雄主之意，故遇合常不及凡文人。

司马相如字长卿，蜀郡成都人。少时好读书，学击剑，故其亲名之曰犬子；既学，慕蔺相如之为人，更名相如。以訾为郎，事景帝。帝不好辞赋，时梁孝王来朝，游说之士邹阳枚乘严忌等皆从，相如见而悦之，因病免，游梁，与诸侯游士居，数岁，作《子虚赋》。武帝立，读而善之，曰："朕独不得与此人同时哉？"蜀人杨得意为狗监侍帝，因言是其邑人司马相如作，乃召问相如。相如曰：有是。然此乃诸侯之事，未足观，请为天子游猎之赋。帝令尚书给笔札。相如以“子虚”，虚言也，为楚称；“乌有先生”者，乌有此事也，为齐难；“亡是公”者，亡是人也，欲明天子之义。故虚借此三人为辞，以推天子诸侯之苑囿。其卒章归之于节俭，因以讽谏。其文具存《史记》及《汉书》本传中：《文选》则以后半为《上林赋》，或召问后之所续欤？

相如既奏赋，武帝大悦，以为郎；数岁，作《喻巴蜀檄》，旋拜中郎将，赴蜀，通西南夷，以蜀父老多言此事无益，大臣亦以为然，乃作《难蜀父老》文。其后，人有上书言相如使时受金，遂失官，岁余，复召为郎。然常闲居，不慕官爵，亦往往托辞讽谏，于游猎信谗之事，皆有微辞。拜孝文园令。武帝既以《子虚赋》为善，相如察其好神仙，乃曰：“上林之事，未足美也，尚有靡者。臣尝为《大人赋》，未就；请具而奏之。”意以为列仙之儒，居山泽间，形容甚臞，非帝王之仙意。惟彼大人，居于中州，悲世迫隘，于是轻举，乘虚无，超无友，亦忘天地，而乃独存也。中有云：

“……屯余车而万乘兮，粹云盖而树华旗。使句芒其将行兮，吾欲往乎南娭。…… 纷湛湛其差错兮，杂遝胶輵以方驰。骚扰冲苁其纷挐兮，滂濞泱轧丽以林离。攒罗列聚丛以茏茸兮，曼衍流烂痑以陆离。径入雷室之砰磷郁律兮，洞出鬼谷之掘礨崴魁。……时若暧暧将混浊兮，召屏翳，诛风伯，刑雨师。西望昆仑之轧沕荒忽兮，直径驰乎三危。排阊阖而入帝宫兮，载玉女而与之俱归。登阆风而遥集兮，亢鸟腾而壹止。低徊阴山翔以纡曲兮，吾乃今日睹西王母，暠然白首戴胜而穴处兮，亦幸有三足乌为之使。必长生若此而不死兮，虽济万世不足以喜。……”

既奏，武帝大悦，飘飘有凌云之气，似游天地之间意。盖汉兴好楚声，武帝左右亲信，如朱买臣等，多以楚辞进，而相如独变其体，益以玮奇之意，饰以绮丽之辞，句之短长，亦不拘成法，与当时甚不同。故扬雄以为使孔门用赋，则贾谊升堂，相如入室。班固以为西蜀自相如游宦京师，而文章冠天下。盖后之扬雄，王褒，李尤，固皆蜀人也。然相如亦作短赋，则繁丽之词较少，如《哀二世赋》，《长门赋》。独《美人赋》颇靡丽，殆即扬雄所谓“劝百而讽一，犹骋郑卫之音，曲终而奏雅”者乎？

> “……途出郑卫，道由桑中，朝发溱洧，暮宿上宫。上宫闲馆，寂寥空虚，门阁昼掩，暧若神居。臣排其户而造其堂，芳香芬烈，黼帐高张；有女独处，婉然在床，奇葩逸丽，淑质艳光，睹臣迁延，微笑而言曰：‘上客何国之公子，所从来无乃远乎？’遂设旨酒，进鸣琴。臣遂抚弦为《幽兰》《白雪》之曲。女乃歌曰：‘独处室兮廓无依，思佳人兮情伤悲。有美人兮来何迟？日既暮兮华色衰，敢托身兮长自私。’玉钗挂臣冠，罗袖拂臣衣。时日西夕，玄阴晦冥，流风惨冽，素雪飘零，闲房寂谧，不闻人声。……臣乃脉定于内，心正于怀，信誓旦旦，秉志不回，翻然高举，与彼长辞。”

相如既病免，居茂陵，武帝闻其病甚，使所忠往取书，至则已死（前一一七）。仅得一卷书，言封禅事。盖相如尝从胡安受经。故少以文词游宦，而晚年终奏封禅之礼矣。于小学，则有《凡将篇》，今不存。然其专长，终在辞赋，制作虽甚迟缓，而不师故辙，自摅妙才，广博闳丽，卓绝汉代，明王世贞评《子虚》《上林》，以为材极富，辞极丽，运笔极古雅，精神极流动，长沙有其意而无其材，班张潘有其材而无其笔，子云有其笔而不得其精神流动之处云云，其为历代评隲家所倾倒，可谓至矣。

司马迁字子长，河内人，生于龙门，年十岁诵古文，二十而南游吴会，北涉汶泗，游邹鲁，过梁楚以归，仕为郎中。父谈，为太史令，元封初卒。迁继其业，天汉中李陵降匈奴，迁明陵无罪，遂下吏，指为诬上，家贫不能自赎，交游莫救，卒坐宫刑。被刑后为中书令，因益发愤，据《左氏》，《国语》；采《世本》，《战国策》；述《楚汉春秋》，终成《史记》一百三十篇，始于黄帝，中述陶唐，而至武帝获白麟止，盖自谓其书所以继《春秋》也。其友益州刺史任安，尝责以古贤臣之义，迁报书有云：

> “……所以隐忍苟活，函粪土之中而不辞者，恨私心有所不尽，鄙没世而文采不表于后

也。古者富贵而名摩灭不可胜记，惟倜傥非常之人称焉。盖西伯拘而演《周易》；仲尼厄而作《春秋》；屈原放逐，乃赋《离骚》；左丘失明，厥有《国语》;孙子髌脚,《兵法》修列。……《诗》三百篇，大抵贤圣发愤之所为作也。此人皆意有所郁结，不得通其道，故述往事，思来者。及如左丘明无目，孙子断足，终不可用，退论书策，以舒其愤，思垂空文以自见。仆窃不逊，近自托于无能之辞，网罗天下放失旧闻，考之行事，稽其成败兴衰之理，凡百三十篇。亦欲以究天人之际，通古今之变，成一家之言。草创未就，适会此祸，惜其不成，是以就极刑而无愠色。仆诚已著此书，藏之名山，传之其人，通邑大都，则仆偿前辱之责，虽万被戮，岂有悔哉？然此可为智者道，难为俗人言也！……”

迁死后，书乃渐出；宣帝时，其外孙杨恽祖述其书，遂宣布焉。班彪颇不满，以为“采经摭传，分散数家之事，甚多疏略，或有抵梧。亦其涉略者广博，贯穿经传，驰骋古今上下数千载间，斯以勤矣。又其是非颇缪于圣人：论大道则先黄老而后六经，序游侠则退处士而进奸雄，述货殖则崇埶利而羞贫贱，此其所蔽也。”汉兴，陆贾作《楚汉春秋》，是非虽多本于儒者，而太史职守，原出道家，其父谈亦崇尚黄老，则《史记》虽缪于儒术，固亦能远绍其旧业者矣。况发愤著书，意旨自激，其与任安书有云：“仆之先人，非有剖符丹书之功，文史星历，近乎卜祝之间，固主上所戏弄，倡优畜之，流俗之所轻也。假令仆伏法受诛，若九牛亡一毛，与蝼蚁何异。”恨为弄臣，寄心楮墨，感身世之戮辱，传畸人于千秋，虽背《春秋》之义，固不失为史家之绝唱，无韵之《离骚》矣。惟不拘于史法，不囿于字句，发于情，肆于心而为文，故能如茅坤所言：“读游侠传即欲轻生，读屈原，贾谊传即欲流涕，读庄周，鲁仲连传即欲遗世，读李广传即欲立斗，读石建传即欲俯躬，读信陵，平原君传即欲养士”也。

然《汉书》已言《史记》有缺，于是续者纷起，如褚先生，冯商，刘歆等。《汉书》亦有出自刘歆者，故崔适以为《史记》之文有与全书乖，与《汉书》合者，亦歆所续也；至若年代悬隔，章句割裂，则当是后世妄人所增与钞胥所脱云。

迁雄于文，而亦爱赋，颇喜纳之列传中。于《贾谊传》录其《吊屈原赋》及《服赋》，而《汉书》则全载《治安策》，赋无一也。《司马相如传》上下篇，收赋尤多，为《子虚》(合《上林》),《哀二世》,《大人》等。自亦造赋，《汉志》云八篇，今仅传《士不遇赋》一篇，明胡应麟以为伪作。

至宣帝时，仍修武帝故事，讲论六艺群书，博尽奇异之好；征能为楚辞者，于是刘向，张子侨，华龙，柳褒等皆被召，待诏金马门。又得蜀人王褒字子渊，诏之作《圣主得贤臣颂》，与张子侨等并待诏。褒能为赋颂，亦作俳文，后方士言益州有金马碧鸡之宝，宣帝诏褒往祀，于道病死。

参考书：

《史记》(卷一百十七，一百三十)

《汉书》(卷五十七，六十二，六十四)

《史记探源》(崔适)

《中国大文学史》(第三编第四及第五章)

《支那文学史纲》(第三篇第六章)

《支那文学之研究》(日本铃木虎雄) 第一卷

图书在版编目（CIP）数据

汉文学史纲要 / 鲁迅著．—南京：译林出版社，2014.3
（鲁迅自编文集）
ISBN 978-7-5447-4643-4

Ⅰ.①汉… Ⅱ.①鲁… Ⅲ.①鲁迅著作－文学史－中国
Ⅳ.①I210.91

中国版本图书馆CIP数据核字（2013）第261853号

书　　名 汉文学史纲要
作　　者 鲁　迅
责任编辑 王兰英
特约编辑 刘　佳　邓　敏
出版发行 凤凰出版传媒股份有限公司
译林出版社
出版社地址 南京市湖南路1号A楼，邮编：210009
电子信箱 yilin@yilin.com
出版社网址 http://www.yilin.com
印　　刷 河北延风印务有限公司
开　　本 787×1092毫米　1/32
印　　张 3.375
字　　数 65千字
版　　次 2014年3月第1版　2024年7月第2次印刷
书　　号 ISBN 978-7-5447-4643-4
定　　价 22.80元

译林版图书若有印装错误可向承印厂调换